História de Joia

Guilherme Gontijo Flores

História de Joia

todavia

A vida pode ser entendida exatamente como aquilo que excede qualquer relato que dela possamos dar.

Judith Butler

Eu já não tenho mais voz
Porque já falei tudo o que tinha que falar
Falo, falo, falo, falo o tempo todo
E é como se eu não tivesse falado nada
Eu sinto fome matam minha fome
Eu sinto sede matam minha sede
Fico cansada falo que tô cansada
Matam meu cansaço
Eu fico com preguiça matam minha preguiça
Fico com sono matam meu sono
Quando eu reclamo

Stela do Patrocínio, via Viviane Mosé

eis o fruto pro corvo bicar
pra chuva colher pro vento sugar
pro sol decompor pra cair depois
eis a colheita estranha e atroz

Abel Meeropol/Lewis Allan, "Strange Fruit"

A Força

Pou, cada um corre prum lado, emaranham-se braços e pés, trombados uns tantos tombam por chão, enquanto tentam não virar calçada pra manada louca em fuga, um porém permanece prostrado, uma flor lhe rebenta no tronco, primeiro pequenos urupês, cachos de flamboyants deformando-se em mancha, crescendo em poça, outros pipocos, correrias, cada qual com seu cada um, tropeçam-se até que tudo anuncia cessar, evoluções de gás lacrimogêneo céu acima, fardas acinzentadas e negras sob a transparência dos escudos encaram rostos negros acinzentados de fuligem, pétalas num ramo seco, vídeos de celulares, selfies a mais e a menos, alguém pergunta o que foi, os vândalos desviaram a manifestação, provocaram os militares, a polícia iniciou o conflito por meio de infiltrados na população, a bala perdida alojou-se, fodeu tudo, alguém digita e marca de gordura a lente do telefone, microfones se ajeitam, mãos e lapelas, onde o sargento?, tivemos uma fatalidade decorrente da desmedida violência dos manifestantes, a força teve de ser usada, não seriam balas de borracha?, não seriam bombas de efeito moral que terminariam com o caos instaurado, caso alguém pergunte, há filmagens da confusão, alguém pegou o momento do tiro, alguém pegou o momento do tiro, alguém pegou o momento do tiro?, imagens se repassam em câmera lenta, alenta-se tudo no entorno do corpo, filmado, fotografado, comentado em tempo que depois diremos físico e real, enquanto pela praça a força se disfarça em carros, rastros de ambulâncias, vendedores de cachorro-quente, camelôs, cerveja choca, churrascos de gato perante o sol poente. Na dispersão, um centro estanca em torno ao corpo, hesita por tocar na carne em gestos lentos, como que achando o ponto sacro no que não se pode mais usar, o corpo estático desvia o olhar alheio, trava na busca da chaga sob a roupa empapada e no calor úmido, no início da noite, acena para o mundo, o corpo em seu instante, ainda estanque, torna-se um centro praquelas pessoas, pro corpo médico que insiste em demorar, pras cenas de jornal da manhã seguinte, pra passagem desinteressada de Joia, que agora corre pra casa, atravessa: beco via rua ruela servidão lama poça e esgoto, a céu aberto aponta seu nariz morro acima sem piscar pro firmamento, encontra amigos ou acena a quase-estranhos, está na sua aldeia. A geografia da cidade está no corpo, Joia sabe e passa cada passo sem pensá-lo, pousa os pés nos pontos certos, firma a coxa na subida e já desvia de quem desce pro trabalho noturno, o boteco da quarta, o passeio sem rumo, Joia ascende na constelação de luzes dos barracos da cidade, deixa o mar nas suas costas revirar a brisa lenta, sente o suor enchendo sutiã, camisa, o jeans aperta as pernas, no alto quase chega, o passo se atravanca, um tapa na cabeça, falta pão, caralho, lembra só agora, onde é melhor?, revê seu mapa, vira o prumo, aponta ao lado, encontra via estreita, apesar do cansaço acelera, arrisca-se a correr, toca pra mercearia.

I.
O Imperador

A caralha da TV tá chiando de novo por causa dessa porra dessa chuvinha de merda de todo santo fim de tarde; todo santo fim de tarde; é aquela merda do gato do Maneco, só pode, moleque abusado da porra, pede um dedo, leva o braço, vai no manso e me esfola é todo; vou desossar esse viado; o preço de cabeça pra baixo, culpa da Lidiene, preguiça em pessoa, que porra, tudo quem faz nesta joça sou eu; viro de novo, pego o marcador, bato o marcador, esse troço velho imprestável que só uso aqui, aqui, aqui; opa, repara no aviãozinho descendo a jato, vai levando um pito forte pro Tito, esse vai pirar é hoje, esse sabe o que é que a cobra vai fumar; dim-dom, entrou alguém ali, não vi, caralho, e está por trás da prateleira; o que deseja?; falei baixo, dá pra ver que eu hesitei; olá, o que deseja?, saiu melhor agora, dá pra ouvir bonito lá de fora, com certeza; não responde, claro, ninguém responde a pergunta idiota do que deseja, deseja o que quer, deseja buceta, cerveja, o que seja; vou ficar na minha, e outra porra de preço invertido, foda-se, não arrumo mais; vou é carcar na Lidiene amanhã cedo, essa vadia, não atenta pra nada, deve tar chupando uma baita duma rola preta agora, caralhuda; e ninguém sai de trás da prateleira, será que foi ninguém?, a vista anda que é uma bosta, mas ouvi o diabo do dim-dom, eu ouvi, ou então escangalhou de vez e dei de ouvir alucinação; só me faltava essa, um cisco insistente na vista e danar de inventar no ouvido; mexeu, mexeu sim, eu vi, ouvi, mexeu, tem gente ali, olá, o que deseja?; saiu firme, do jeito certo, voz de macho firme, forte; oi seu Valentim, não é nada não, só tou olhando o pão aqui, boa noite, só tou olhando com a cabeça nas nuvens, esse aqui parece bom; vagabunda do caralho, chupadora de pica de merda, nem pra dar um sinal de vida, cretina; isso é excesso de piroca por tudo, tá é pensando em mussuba, sonhando uma trolha grossa que nem pão, pirocuda do cu espanado; ela volta a olhar abestada pros pães, não vai me ouvir nem se eu falasse; olha o Tonho, Tonho, viado, o que cê conta?; conto nada não, Tim, puto velho, conto o de sempre, me desce o de sempre; o rabo de galo que eu faço é duca, até os pica-grossa vêm aqui tomar a dose, cinzano e pinga no ponto, o ponto que só quem sabe sabe; um vai de cá, olha só, o outro vai; o Maneco cruzou a rua, viado, deve ter dado merda na TV dele também, pra correr desse jeito, só quando o dele tá na reta, baitolão; a porra do joelho me fisga fundo, desce até o tendão do pé, agora preguei no ponto com cara de tacho, o Tonho deve tar me espiando de banda, eu finjo é que não vi, conserto o rabo e toco adiante, toma a tua, Tonho; pendura, Valentim?; cê é de casa, vagabundo, depois a gente acerta; e aquela preta safada, arrombada, ainda tá no pão?; seu Tim, me desce um amargo, que hoje o dia foi doce, mais doce que o teu rabo; enfia no teu, Batata, enfia no teu, né Tonho?; o Tonho faz que ri, mas tá é noutra, contando fuzil na cuca; fuzil que não acaba; cato o amargo, o de rasgar, e estanco; não quer pau-de-tenente?; esse vai travar até o toba, malandro, quer?; desce o amargo com pau-de-tenente; que diabo de nome é esse, será que é por tomar pau de tenente, tipo, tomar uma sova do tenente no quartel, ou no baculejo? ou é a jeba mesmo do tenente que amarga? você que prova muita benga, Tim, vai saber explicar?; teu cu, viado; aliás, no teu cu, acostumado que é, bilau desce docinho que nem melado de feira, aproveita e mete logo um nabo pra fechar; o Batata quietou, olha pro Tonho, eu boto o copo no balcão, americano até a boca, o joelho me solta mais uma, safado, ele coça o nariz, ajeita a calça, cueca e vara, resfolega mesmo, desce o dele duma vez, que é praxe; acerto amanhã, que tá apertado, Tim, boa noite; se não acerta, acerto a tua bunda, Batata, boa noite, e manda beijo pra patroa e a criançada; beijo nos teus também; o Maneco, cacete, sumiu, eu preso aqui nessa chuvinha, nessa lenga-lenga dos dias, nem consigo ir lá dar uma sova nele; deixe que tempo virá; seu Valentim, me vê um fósforo?; e o maço, criatura?; tou tentando parar, tou tentando, dois dias já, seu Valentim, e andei tossindo que nem uma vaca; vaca é mesmo; nos últimos dias, aquela tosse de cachorro velho, sabe?; sei sim, cachorra; então vou tentar, tem que tentar né; tu já tentou é de tudo, todo mundo sabe; quer mais alguma coisa?; olha, o pão, o fósforo, essa cebola, tinha mais alguma coisa, que eu não lembro nem a pau; ah, pau, tora, verga, mastro lembra sim, lembra demais, só pensa nisso, preta safada; lembrei, farinha branca; mandioca branca né; pra fazer um bolo, que ganhei banana velha da Nica e agora só vai dar pra isso; e tome banana-nanica; opa, aqui está, vejamos, fósforo, pão, cebola, farinha, sete pila e trinta centavos; ai, seu Valentim, eu tou com seis e cinquenta aqui no bolso, pode ser?; vamos fazer assim, minha filha, tira aqui uma cebola e dois pães que fecha, tá? não vendo fiado; viado da porra, quer vir pra cima de mim? acha que eu consegui esse espaço cedendo venda pra vagabundagem? não me fode; bom, pode ser, amanhã eu volto pra pegar mais cebola, se precisar; isso, cada coisa na sua vez, todo dia com linha; valeu, seu Valentim; de nada, de nada; a merda do joelho; segue reto, caralha.

II.
A Carruagem

desce no vácuo moleque que o bagulho tá tenso os pipoco rebentaro lá pa cima e vai sobrar pa baixo barranco desfazeno na cabeça de geral olha a pinguela pula vê se te esperta nos cara ali do lado opa o cobrinha e a durva é tudo estreito no jeitinho certo do meu rumo voa rapá com esse bagulho que tem chapa quente e tu num sabe nem metade cala a boca cala essas ideia e cruza porta sim firmeza? vai que hoje tu ganha um berro e sobe agora eu que vê quem vai levar ferro vai levar bonito nós num perde tempo vacilou vai colar dente num pneu queimado que nem a margô eu tô ligado nas treta mermo quando eu tô por fora olha o barro desvia o pisante vai pro saco já já foi pro saco tanta coisa o coisada o céu tá feio vai sobrar pros maior e menor num tem conversa quando um chumbo entra no olho é paf dar casinha pas formiga até quem sabe tem seu dia na vala nós segura as parada no peito vai seu arrombado estica as perna e voa na descida firmeza? é cada coisa que a gente cruza por aqui subino escangalhada espia a cara disso é terra arrasada um estrupício da sola ao topo do coco aceitano essas caxanga rebentada firmeza? de boa me falaro que o desabrigo já era e nem pegou o trampo trava o pisante desvira esse pescoço a camisa empapano é tua ou do estrupício é só problema véi toca pa baixo moleque e dichava que os ômi num perde chance caveirão num é sukita tu num vai travar que nem jacu de teta palavra do tim firmeza? o que deu? olha o pipoco é trovão segura que vem chuva dessas quente que mais parece um suor dobrado segue que o bagulho é leviano puta vontade de mijar puta vontade de comer olha a mercearia firmeza? segue reto que num é contigo agora num é hora camarão que dorme a onda leva e pou se espana e come grama tu num chega nos quinze malandro tu num chega? eu chego onde quiser e se num for num fode ou vem com tudo pa pregar chumbo que nem prego tanto que nem boia mais no valão e afunda que nem pedra tanto que a bala pesa quem se importa se o pipoco me pega no beco ou no asfalto na quebrada desse ou de outro trampo eu sei os zói que eu já vi trincano no vazio uns molhado que nem sei outros na secura brava do miquimba que nem conta o evêmero dessas de rachar lascar tudo quanto tem em volta eu vi com este zói que tenho e que vejam meu dia as carcaça magra de quem sobe ruela mas num chega a nada bando de boi no matadouro porco velho de chiqueiro podre eu tô fora eu subo noutra eu tenho ainda um zói bom e faço mira um ferro e pá eu varo os tronco bagulho louco presses noia pó pa otário virar pó tô fora a mãe pediu tô fora a mãe rezou e reza por mim aqui é só loló um tapa e pou a vó falou que todo mundo chupa as coisa e vira droga a vó tadinha tá por fora o prego pula mete o pé no muro e senta a pua tácale pau toca essa mula eu vou virar tiozão pa quê? melhor colar no rei eu tô de zoio pa subir nesse barraco a boca é morro acima vida acima até que um some mas nós num tá aqui pa ciscar não ninguém dá mole na conversa alheia não fi vai veno vai veno nós desce na voada e sobe nesta vida outro pipoco é dia eu tô ligado ouvido esperto e zói aberto a barra pesa pa geral entre trovão e bala o céu agora é todo chumbo

III.
O Diabo

Vocês não sabem de nada. Deixem que eu conto, eu sei, eu posso. Vocês então escutam, perscrutam, leem, atentam ao que se diz, ou seja, calam. Eu digo consentem. Eu não calo. Reparem como vem já tropeçando no fim da subida, acertando um molho miúdo de chaves nos dedos da mão canhota, enquanto a destra empilha sacolas, um casaco surrado inútil, uma bolsa recheada de inutilidades como as de todos, mas que vocês não sabem, na precisa medida em que não conto; um corpo qualquer fatigado termina a subida, eu digo que é Joia, e vocês acreditam; naquele vai não vai aponta a testa pra cima, cisma que é ver a lua, quer ver a lua? Ela é rasa, mal traça um arco artemísio no espaço claro da noite urbana, ninguém veria a Via Láctea, essa inútil consoladora dos boêmios de dois séculos atrás, dos hippies perdidos em busca da origem natural, a lua segue a sua linha e não se importa, como eu; mas vocês se importam, porque não sabem uma letra a mais do que eu disser. A chave, claro, cai da mão, vai num giro parar numa poça qualquer e estanca, achável em seu brilho de molho, pra se embaralhar entre mãos, buscando a destra que sempre foi, tentar alcançar a chave, embicar o dedo na rodela, empinar a bunda no rebite, acertar o ponto e, sim, deixa cair o casaco, na mesma poça, por cima das chaves, a cereja do bolo do cansaço. Reparem que olha de lado, fecha um olho, em contorção, solta a lapada do seu putamerda, solta o ar num sopro fino entre os lábios grossos, respira, talvez até conte, quem sabe, talvez até pense que mereceu, termina e pega o casaco com a canhota mesmo, pega a chave com casaco e tudo, que de molhado escorre pelas pernas um caldo de barro leve, mancha a barra da calça, num convite a mais um putamerda, que talvez nem solte mais, embora lance o segundo suspiro fino, um alento que escorre lento por entre os dentes. Retesa o corpo, meio de baque, algo que fisga na lombar, todos sabem que a gente tem de se abaixar com os joelhos dobrados e assim, como ninguém, vai se preocupar com isso na hora em que tudo teimar em dar só mais um pouquinho errado. Solta o ar, muda o casaco de mão e para na porta, a de sempre, entre pinturas sobrepostas numa pátina indesejada entretecida por pontos de madeira apodrecida na parte de baixo, umas lascas que vão se soltando aos poucos, vocês talvez até saibam, pode ser. Entrar em casa é sempre o mesmo, a porta batendo na parede por trás, sem muito estardalhaço, o tatear de pés nos primeiros passos escuro adentro, pra ver se nada saiu do lugar, até que um dedo preciso acerta o interruptor na cabeça, aclara tudo, ou o pouco que aqui chamarei de tudo nessas paredes de madeira da mesma pátina incontornável do tempo. O telhado pode ser de zinco, pouco importa, serve porque combina com a canção, permite que entrem alguns raios da lua e que todos agora vejam bem que o chão está molhado da garoa, por sobre o cimento bruto e manchado onde caminha até a mesa pra jogar a tranqueira e ver o estrago do casaco. Vocês nem reparariam entre o péssimo e o pouco pior da cena. Uma bufada, duas, o corpo pregado à frente da mesa num espaço parco, os braços abertos esticados à frente, com uma cara pasma de quem vê o óbvio e pela primeira vez o atravessa em tudo, vocês não sabem, por isso eu conto. Reparem que, como qualquer um, vai largar o casaco inútil na cadeira, entre jogado e dobrado por cima do plástico amarelado, é um casaco fino, claro, quem levaria um casaco grosso num dia desses, num calor desses? Quem levaria um casaco desses, meu Deus? Vai saber. Reparem que vai andando, entre a consciência plena do espaço e o transe hipnótico do tédio, rumo à geladeira, para de mão à maçaneta, estanca como quem pensa, quem vê, diria que pensa, como nem sei quem e abre, sente a lufada lenta correr no tronco largo, sente que o ar se espalha noutra estação, seca, fria, pelo cômodo inteiro, sente que o queixo se ressensibiliza no ato, pode ser até que feche um olho, os dois, e viva o suprassumo dessa brisa interna, ah, suspira e abre o olho pra ver o quase nada ali, o quase nada de quase sempre em que quase nunca mexe. Encara um tempo, encara mais um tempo, encara ainda mais e decide fechar a porta, num baque suave, dos treinos corporais para encontrar a medida firme entre o choque e o aquém do toque.

Disso passa, e assim confirmo, para o sofá, onde um controle remoto liga a TV num canal ao léu, alguns desses de quase sempre, quase chatos, que vão falar o que se diz por aí. O corpo que é encara a tela sem comoção, ambos se encaram, ele e tela, por nada, por muito tempo imóveis, desatentos de si, o que me permite então passar o tempo a explicar a devida importância do sofá, que vocês não conhecem, nem sabem, nem pensam. Eu conto. Um sofá vermelho, mequetrefe, comprado de segunda mão pela antiga patroa no período de faculdade, quando foi cursar biologia e andava mais dura que tudo, foi parar num brechó de bugigangas, catou o primeiro sofá que cabia no bolso e na sala da quitinete espremida no centro, ela ainda não era patroa, nem pensava bem no que faria quando viesse a ser patroa, ela só queria um sofá pra ter na sala, sem a TV, onde pudesse tombar no fim do dia sem ser cama, e tombar no fim da tarde, onde pudesse ficar, ou dar, ou pensar à toa, um sofá sem drama, desses vermelhos, com um tecido rugoso que lembra veludo, uns arranhões de gato no braço direito que indicassem o dono antigo, esse amante de bichos imaginário, que por sua vez usaria o sofá para escutar Stravinsky em fones de ouvido na madrugada, um hobby solitário plausível para sua imaginação de antepatroa universitária, enquanto tomava café açucarado numa terça qualquer, para amenizar a ansiedade da culpa de ter de preparar o trabalho, o registro, o material da prova, enquanto fumava o baseado eventual, o cigarro mais frequente, enquanto entornava uma lata de cerveja na quinta, sonhando com a sexta e ampliando as manchas do pseudoveludo do sofá vermelho escurecido, enquanto se embasbacava vendo o sol das três assolar aquele cubículo e arrasar os sonhos de deitar num sofá de domingo, enquanto imaginava o que poderia passar na TV, se tivesse TV, que ela enfim iria mesmo comprar, depois do sofá, antes de patroa. Joia. Parece ter dormido por ali mesmo, as pernas abertas numa dobradura ligeira dos joelhos, os pés em quinze pras três, as primeiras gotas de uma baba saindo junto ao buço, ou mesmo um ronco suave que assume a trilha de fundo da cena televisiva. E pula.

Vocês não sabem. Não é daqueles sobressaltos, pulos de quem ouviu um tiro; isso já fez também, já fez demais, mas não tem forças mais; não foi o pulo de eureca de quem viu a epifania esperada dos últimos tempos; o simples salto de quem acorda à toa, de nem sonhos ainda. O pulo de um queixo, de seu possível papo, seus possíveis pelos, que se revira mais que a trajetória esperada de quem só se acerta contra o torcicolo; e se apruma, boceja, espia uma rachadura na madeira da parede, pensa em lagartixas talvez, lembra que são comedoras de aranhas, é bom tê-las por perto, e são simpáticas, ora bolas, são regeneráveis, perdem tudo e permanecem, como estrelas--do-mar, como tudo que não podemos nunca ser. Mas vocês pensam que sabem o que é perder um braço, uma perna, um membro qualquer, anotam as estatísticas dos assassinatos, da violência doméstica, do imposto de renda internacional, articulam muita coisa e não sabem, porque não vou me dar ao trabalho de contar. O que me importa é que agora segue pro banheiro, senta, mija com sono, vocês sabem, pausa mais do que precisa, boceja, remija, boceja e mira a calcinha já pelo chão, ligeiramente molhada da garoa ou do molhado do piso do banheiro e tira logo toda a roupa e se finca debaixo do chuveiro e se fecha naquela cortina fina de plástico colorido com tema tropical e vira o registro e espera e sente que a água está fria, não daquela brisa de geladeira, mas a água como geladeira, contra o sonho do chuveiro elétrico, um chuveiro queimado, sol revirado no avesso, o gelo da garoa em quem acorda. Putamerda. Por três vezes, muito antes do galo.

IIII.
O Eremita

Ela que logo sou se ensaboa, passa a mão por toda parte, pega o sabão de coco e encara seu branco estalado na pele, em contraste claro de modos, esfrega que não esfrega, alisa a pele áspera e fria e espia a água com suas bolhas procurando o rumo do ralo. Alisa-se. Evita molhar o cabelo, que é tarde, estraga o couro cabeludo. Ele que logo sou consome o tempo que não tem nas partes secas, revira-se com cuidado até que remira no rabo do olho o fio do espelho. Ela que logo sou segue o prumo da vista, se vê de nariz e dente, sorri não sorri de si para si, a língua insossa em seu rachado. Ele que logo sou sai para ver-se um pouco, vê-se no avesso, corpo reverso de sim em sim, dedos, tronco, pernas, pés; imagina o contorno dos tornozelos, contorce os cotovelos ressequidos, o ventre espesso, o sumo que escorre dos pelos. Ela que logo sou ensaia o passo, desiste, veste-se, está por demais, nem pensa em se secar. Cisma, deita, percebe-se pele porque encontra o colchão mole que cede ao peso, úmido, rançoso de chuva e tempo; cisma fincando o olhar no teto, estática, até que cede ao sono. Se é que sou. Ela que logo sou. Ele que logo sou.

V.
O Enforcado

é como você sair da sala devagarinho para encontrar alguém, qual é o nome?, não lembra bem, que vai te esperar ali do lado, no outro cômodo, que está mais longe do que você pensava, e quando encontra a porta, hesita pelo seus sons de guinchos — são carros que guincham e porcos que guincham —, mas você segue, é claro, para escancarar a porta e dar de cara com o metrô central, sua estação imensa, as caras das pessoas como pétalas sempre num ramo agora negro e úmido, o cheiro do úmido de terra que atravessa os cheiros de mijo e cecê que você tanto esperava, o cheiro de chuva na cara daquelas pessoas que seguem com pressa seu rumo de sempre, parecem mesmo pétalas, talvez o orvalho do sereno da noite em cada uma, talvez um moedor de carne que espere tudo ao fim do corredor; seja como for, o sol te agrada e bate no rosto ainda morno, ainda úmido, e brota nos poros uma água mais forte que te encharca a blusa fina, o sutiã bojudo, a borda do jeans. Ver essa água leve seguir seu caminho nos trilhos é como voar por dentro daquele breu, o som do úmido, um vento no cabelo que se firma para trás, e você se vê naquele breve, por fora, em câmera lenta, coisa de cinema mesmo, o pixaim firme nas suas voltas, que você já pensou em alisar e já pensou na bobagem que seria alisar, e que volta a pensar em alisar, enquanto faz um close no ponto que encontra o couro cabeludo, pra ver a passagem da pele ao pelo, a mudança da textura, da cor negra ao puro negro, onde termina a carne?

O teu cabelo não dói, não como as costas sempre doem, mas ele sente, sim, percebe a brisa desse túnel, percebe a água desse túnel, enverga-se ao vento, adapta-se à água; e quando nada mais te dói, ele retorna ao ponto inicial, ele te indica o pouso à beira-mar. É como uma noite clara de lua cheia numa praia distante, onde você nunca esteve, com barcos pequenos de pequenos pescadores, menores que a média, os barcos, os pescadores, dos quais você tenta se aproximar pra ver melhor, minúsculos, você calcula que mal daria pra entrar ali e adentra o mar, por metros e metros, enquanto as ondas não passam das canelas, o luar encontra a água que te encontra a cada toque, quase uma luz própria, até pousar a mão no barco, o que teria? uns dois metros, mais ou menos? de comprimento. Num pequeno pulo você como que monta nele e tenta entrar, primeiro a cabeça, ombros, joelho e pé, ecoa a cantiga, cabeça, ombro, joelho e pé, joelho e pé, pra ver que dentro desse barquinho tudo é muita luz e muita secura, o ar te queima os beiços, uma parte das bochechas, mas nada parece dar espaço e você meio que se aperta, enquadra, molda o corpo na forma do quadrado necessário, até que entrando inteira tudo se comprime e se apaga de novo em breu, onde estão os teus pés? parecem agora fora da linha do sentido, fora do tato, e cedem ao cheiro de madeira e plástico queimado; você repara melhor, sente mesmo o fedor de carne queimada, sim, é carne queimada, dentro ou fora do barco, mas quando vira pra olhar, o sol te acerta em cheio, cega tudo, torce o corpo inteiro, chega a doer de novo e você sabe, agora sim, você sabe de corpo inteiro, inteira, que tem duas filhas lindas, índias as duas, mas não acerta o nome, duas cunhatãs lindas, que você nunca viu mas vêm ao olho da mente, elas brincam num parque, na areia, elas correm nas árvores, trepam nas árvores, topam uma na outra e gritam, mas o som não chega, e num segundo uma delas olha bem pra você. É como saber que você é a câmera que as olha e sente que são tuas, e sente que essa imagem inteira é toda, toda, toda tua, você poderia mudar o enquadramento, ir pra terceira pessoa, e brinca com elas, faz teu esforço inteiro, aparece na imagem e corre até

VI.

Tudo no avesso agora de jeito se entorta, nada ela pensa, revirar pode, na cama, só que pode não, pende de lado a cabeça, para o suor sentir que ao longo da noite banhou as costas, constante poça entre ela e a cama: o ventilador que falta faz depois de queimado. Revira vagarosa, cama e garganta rangem enquanto a mão apoia após o cotovelo no mole do colchão molhado do seu de gente cheiro. Banho já não carece, a hora de banda espia no celular que toca ainda seu alarme em inferno do som mesmo, canção mesma, trecho mesmo, que hoje por dentro a revira, quase náusea, quase tédio; sentar-se antes do sol, de todo o dia o mesmo mote, a glosa mesma, na cara o catarro por dentro preenche, chama ao banheiro. Pra trás não dá pra olhar, contorce então corpo, inteira é que vira, de si um manequim, enquanto pelo lado das costas direto lhe vem fisgada em fisgada, até que vassoura se sente, tesa, reta, lisa. Não há pra trás. No jeito se encima, meticulosa, um ser só frente, sem verso, sem acesso qualquer ao avesso, o espelho despreza e segue à mesa atrás da caixa, farmácia sua, ou em miúdos trocados, pílulas poucas, atrás do seu dorflex, no ímpeto fisga-se às costas, estanca, respira, de novo macia, de todo reclina, pousado o olhar no possível da morfina. Achado, engolido, a seco, entalado até água que se ache, o que demanda passos, certo, e a pílula assim pela goela passa. O pão fica de lado, porque a roupa, a quase mesma, agora atenção demanda, contra o travado reteso da espinha, atenção tamanha, cuidado do todo em trejeito, cada, dos passos pela casa, vai perna, uma e outra, adentro da calça, se calça ereta após inevitáveis as meias, dedo, mão e braço entrega à blusa, revira o casaco, sonha-se casco de tartaruga a levar a casa inteira nas costas, espreme o pão de ontem entre os dentes, enquanto cutuca os detalhes da bolsa, acerta as moedas poucas e exatas, aponta o nariz, e o corpo rijo, à seta da porta e hesitante num passo já parte.

VII.
O Namorado

Segura o beatbox na cabeça, calma, vira esse resto de copo, respira de novo, retoma o beat e manda: *Fala, grã-fina, mina desmiolada, se liga nessa parada que te passo sem script. Não tô virada no arrebite, nem tô pagando de fodona, então não me julgue pela mão; mas se eu não tenho anel do bom, eu sou marrom e sou do bem; tu porém, neném, paga de rica, mas não tem nenhum vintém daquilo que te importa, que fica dentro desta porta da mente, sua demente, e acaso cê desmente?* funciona, vai de boa, eu posso continuar por aqui, sem medo, agora o sol já tá nascendo, eu na quebrada tô virada de novo, vida que segue, cabeça que zune, ninguém ficou até agora, e dá pra ouvir os galos cansados da manhã que vão tecendo, mais um dedo de sol e posso chamar de dia, manda: *Mesmo maneta, não vou cair na tua treta. Que dó! Num braço só já fiz mais que você não faria e acho que era covardia eu ter dois braços também. Não vem que não tem, já cantou mestre Nogueira e tu insiste uma hora inteira mandando qualquer besteira sem eira nem beira: perdeu agora a dianteira na estrada, vai dar na vala da fala, que nem cavala que errada fica cabreira.* ninguém ligaria, na real, se tem ou não a minha maneta na parada, mas o jogo é sujo e eu não vou dar a outra face pra ninguém, patrica, rica ou quem quer que seja, quem fala o que não deve ouve o que não quer, Nogueira é Deus no samba, a gente escuta e manda: *Tu vem marrenta e aponta pra essa nojenta família que vem de longe naquela velha nau Catarineta, vem me chamando de maneta, só porque é tataraneta de algum caquético ranheta, fazendo crica de buceta com buceta.* será que chega a ser banal de besta essa rima com buceta? é foda traçar a linha, sentir que o próprio corpo se desfaz, com essa pinga, essa brisa, essa canseira; fica a buceta, quer saber? fica a buceta, ela é minha, eu faço o que quiser; olha a Joia, acena, acena, nada, nem viu, passou toda dura numa descida meio torta, vai saber, deve ter tomado umas também, olha ela lá, chegando no ponto do busão, parada com cara de tonta, besta, nem pra dar oi pra quem tá zoada na madruga, a louca, caramba, vai é pro trampo, qual é o trampo dela mesmo? deixa ela lá, manda: *Maneta? Mas fala sério. Não tem mistério. Agora todo mundo sangue bom sabe que aqui ou no Japão não tem mais diferença (não!) entre essa caravela e o camburão que vem bancar o baculejo. Tudo que eu vejo é tu dourando pílula.* a rima não funfa, além de que, porra, dourar a pílula é coisa do tempo do guaraná com rolha, quando a vovó era virgem, tem mais mofo que o armário lá de casa, tenho que entortar mais, dourar outra coisa meio avessa, tipo, fazendo papelão, pode ser, tipo dourando papelão, manda. *Tudo que eu vejo é tu dourando o papelão.* soa estranho, mas vai, quebra a expectativa, volta com a rima, fecha o camburão da mina, mas falta uma rima melhor, mais bolada, eu é que tô bolada, sei lá, uma parada tipo rimas com boia, claraboia, paranoia, não, não tem nada a ver, vai ser forçação feia de barra, pra socar a rima, que nem é tão rara assim, vai, e é só porque ela tá ali pregada no ponto com cara de sono, deve tá mais zoada que eu a essa hora, e nem pra eu arrumar uma mina pra companhia, foda, tá fácil pra ninguém; a Joia tá torta mesmo, olha lá, repara no desconjuntamento, qual é mesmo o trampo dela? mina, como é que tu vai ter a menor ideia se só falou com ela, tipo, umas duas vezes na vida, pior, se tu falou meio que sozinha e ela meio que só ouviu com cara de tá pensando em outra coisa? ou prestou alguma atenção? na moral, eu vou com a cara, mas não sei qualé a dela; eu tô dourando o papelão, anota; podia rolar outra coisa, outra rima, puxar pra vida dela, viagem de bacana e coisa e tal, segura o beatbox e rima, vai, tipo Messi com prece, a cena já vem, arrisca um improviso, manda: *Em Barcelona, tu quer ver jogo do Messi, mas sempre esquece que a tua vida tá na lona.* boa, arrombada, dá pra ampliar, manda: *Agora escute a minha prece, duchesse: enquanto tu tá na quermesse fazendo festa chapada, quem dera o povo sem finesse por fim pudesse encher o bucho de rabada.* aguenta o tranco, Marechal, segura a periquita, Drik, eu tô chegando; já tinha coisa pronta pra depois disso, mas volta primeiro, anota, porra, vai perder tudo da cabeça, manda o beatbox e escreve tudo, Messi, esquece, prece, duchesse, quermesse, finesse, chapada com rabada, é quase a minha vida, chapada, com, rabada; mas bora pra frente, onde é que eu tava? manda: *Nem falo nada, malada, da tua roupa refinada, porém atente no piolho que agora encana na tua roupa de bacana e come tudo até que sobra só restolho. Quem chega sempre furando os zoio, quem não separa trigo e joio, só perde apoio e acaba cavando a própria cova rasa do velório.* vai nessa, madame, que a cova é rasa, tu vira carne de urubu, baronesa; vou acenar pra ela de novo, aqui ó, espia a porra da maneta no boteco, virada, ó eu aqui, ó, ei, Joia, orra, Joia, se liga, olha, ela viu, virou a cara sim, se ligou na parada, o busão entrou na frente, vai dar azar assim no inferno, mina, olha lá, entrou, será que me reconheceu? e o que é que tem pra reconhecer, no fim das contas? vai é lembrar de algum clichê, a mina rapper que só tem uma mão, a faladeira que manguaça dia e noite, agora que me viu, ver isso, virei maneta manguaça, se liga, qualé a dela, qualé a minha, meu, tô ficando meio passada já, eu aguento firme, na bera eu sigo em ritmo de cruzeiro a noite toda, mas dei uma turbinada meio barra, tô chegando na xepa, o bagaço da laranja mesmo. segura que tá perto, a rima segue, manda: *Patroa, na vida boa dessa canoa de madame, de boa, me deixe à toa longe da proa da limusine; se ligue, não recrimine, que já passou até no cine.* Se aparecer alguém que ensine, assine teu documento (sim, né) pra então saber que este momento é da troca, de boca em boca, na humildade sincera, *mas pera:* esse sim, né, eu vou ter que caprichar bem mais na hora de apresentar, a rima vai na pegada, mas não pega no papel, aqui é tudo um jogo de voz, dá pra rimar o diabo a quatro, e se eu manjasse mesmo gringo, ia debulhar o Eminem até sobrar só letra, levava todo o sumo, chupava o tutano inteiro, deixava só carcaça, ossada seca, mas nada, eu tô hoje no papel que sonha a voz, eu tô é sonhando já de pira, sublinha esse sim, né; gente, e a Joia, será que ela pira no som? tem cara de quem nem ouve nada, na real, ou tá noutro rolê, vai ver, a vida é dela, mina, qualé a tua? tá bem no fim, não enrola, bora acabar com o que dá pra sair hoje, amanhã tu lê, manda: *não pense que hoje eu vou fugir pra toca. Se toca, dondoca: porque essa tua cuca oca só fala sempre a mesma merda.* o que era depois mesmo? cadê a maldita folha com o fim do texto? tá aqui, mas olha, eu nunca sei como quebrar o verso no papel; a rima parece dar um mote, mas tem outra respiração, sei lá se preciso da linha, podia estar o verso na linha da prosa, que todo mundo entendia, o ouvido sabe, o olho tem que aprender também, o olho saca muito com o ouvido, primeiro escuta, depois vê, por último é que vem a fala, que é sempre já do outro, dos antigos, que sabem, que passam, bora, que a saideira já virou caideira, vai virar expulseira se eu pedir outra depois do copo vazio, manda: *Que perda, boneca, que ideia errada; enquanto tu vai pra balada de gente chique e descolada, eu mando a rima mais fina; tu vai cair na latrina, é tua sina, e o som é certo. Não passo aperto, me esperto no papo reto, que na virada do improviso é campo aberto.* vira o copo pra baixo, bate na mesa e rala peito; valeu a bera, desculpa qualquer coisa, eu tô de boa, sigo reto, sigo direto, pra casa, pra coisa que eu chamo de casa, sigo pra cova, sei lá, toco pra onde der.

VIII.
A Lua

O sol ali de banda é tão lindinho e fofinho, amarelão que só, amarelão de fogo, papai disse, amarelão lindinho, ele bate ni mim gostoso, tá quente bom aqui, papai falou que calor da moléstia, mas é calor gostoso, é o sol amarelão lindinho ali no fim do dia, agora ele tá mergulhado no mar, vai trazer peixe, papai, vai trazer peixe, será que queima peixe lá de perto? solzão lindinho, agora sumiu no túnel, eu sinto o cheiro de todo mundo, todo mundo cheirando tudo, tem peixe, tem subaqueira, tem perfumagem muita, tem cheiro de roupa lavada e roupa suja, e tem roupa suja que cheira melhor que roupa lavada, papai não me pega mais no colo, porque eu tô grande demais pra levar no ômbus, ainda passo por baixo da cataca; papai falou que cataca é diferente, tamanho é outra coisa, peso é outra coisa, papai fala cada coisa, eu trocaria cataca por colo, papai falou que não, mas tem a mão dele no meu ombro pra segurar no solavanco, teve um dia que eu caí, papai brigou pra caramba, papai fez a cara de chinela, mas não tem chinela no ômbus, papai olhou pro lado e me juntou na perna dele, meu papai, o sol voltou sem mar, pela metade, atrás de prédio e casa, vai perdendo o calorzão gostoso, mas brilha mais lindo, vermelho, laranja, lilás, brilha lindinho, uma bunda entrou na minha frente, entrou na frente da ponta da janela, bunda chata, bunda feia, bunda de pum, hehe, bunda de punzão, chega pra lá buzanfa, bunda de punzão, chega pra lá, eu empurro pra lá a bunda dela, o papai nem repara, a dona da bunda olha pra trás, faz cara feia pro papai, que nem repara, eu empurro mais um pouco, um dois três, pra ver se chega pra lá, bunduda, buzanfão, peido, peido, peidinho, a calça cheira roupa lavada, é pra enganar pum, mas eu sei, cutuco mais um teco, a moça é grandona, preta que nem vovó, deve ser velha que nem vovó, deve ter bunda de vovó, a vovó solta muito pum, cadê meu sol, cutuco mais um dois três, a moça vira a cara muito feia pro papai e; quer parar?; parar o quê?; com essa mão na bunda, palhaço; papai não entendeu, a voz é forte dela, é grande mesmo, ela vira mais e olha pra mim, sorrisão de sol, eu acho; ah, fofa, não te vi; me enfio na perna do papai, que me segura mais firme; o que foi, fofa? tava te apertando?; o solzinho já sumiu, eu acho, a bunda saiu da frente, e eu não vejo, vai subindo ao céu, clareia tudinho no mundo, papai falou que o sol encosta em tudo, papai falou que não tem sol na china, que a china é do outro lado do muro, o sol encosta em tudo mas agora não tem sol na china, nem no japão, papai falou que o solzão gostoso lá só aparece quando aqui é noite, deve ser legal do outro lado do muro, a moça virou a pepeca dela na minha cara, pra falar com papai, estão falando num-sei-quê de gente grande, o papai fala legal, mas me olhou meio bravo, meio cara de chinela, mas hoje não vai ter chinela não, eu vou pra creche, tem TV, eu vou pra creche e tem amiguinhos, eles são tão fofinhos, tem os nenenzinhos, tem a outra sala, tem a tia Cida, tem de tudo lá, depois tem a casa da tia Lúcia, que a vovó me leva, vovó punzão, hehe, vovó punzão igual a buzanfa, a minha pepeca tá coçando, papai falou pra mim não pôr a mão no bacalhau, papai é engraçado, o que será que tem no bacalhau da buzanfa? o sol não dá pra ver, o bundão foi embora, tá lá no fundo, olha, tá tocando rádio no celular do moço, eu gosto, toca alto, toca bom, toca sonzão, o papai me pega meio firme, o papai é forte comigo, ele me diz que tá na hora, eu digo tá, eu entro no meio das buzanfa, tem pipiu também, haha, igual o pipiu do papai, será? tem pipiu de tudo, tem pepeca de bacalhau, será que tem pipiu de bacalhau? será que coça a buzanfa? e o pipiu de bacalhau do papai? papai, tem pipiu de bacalhau?; quieta menina; tem sim, tem sim; quieta que já chega, para de palhaçada; a moça da buzanfa sentou, olha lá, a gente nunca senta, será que ela tem pepeca de bacalhau? a vovó tem, tem sim, com bumbum de peidão, tchau sonzeira, o moço nem aí, lá vem o sacolejo, perna do papai, parou, tchau buzanfa, olha o sol lá no alto.

VIIII.
A Imperatriz

Sete e meia ferrou bonito corre cara espia um lado o outro corre mais que o busão já vai cê passou da conta corre lola corre cita não esse pulso torcido só corre desgraça pega leve na próxima valeu a pena pega leve na próxima corre sete e meia já foi o busão será que passou será valeu a pena se eu perder a hora o preço é caro vai valer vai dar certo corre criatura aperta o passo que moço lindo que noite linda eu vou rindo à toa nossa que baque desculpa eu desculpa também mal aí acontece eu tô atrasada que coisa estranha alta larga eu vou perder a hora será que quebrei que criatura eu sou atropelando os outros sou eu quem sofre o atropelamento eu vou me dar mal será que tá com pressa quem não taria eu corro tu corre ele corre esse pulso toca o passo olha o busão passando inda faltava o metrô olha o busão acena acena acena vai parar será que vai parar já passou.

X.
A Papisa

Sempre retorno e o café sempre demora e chega sempre frio como a morte, sem metáfora, assim comparativo, no ponto em que a semelhança se anuncia como diferença incontornável, frio como a morte, claro, porque não é a morte, portanto, não será jamais frio como a morte, que espero eu também como espero esse café. E que, por isso mesmo, ah ironia, não espero *tal como* espero esse café; anseio pelo café que não sei quando vem, espero a indesejada das gentes que por certo me vem num dia qualquer, num bistrô qualquer como este aqui, num início de manhã fria ou quente como esta agora, numa esquina baldia da vida, essa sim, que nunca se compara à morte, a única que recusa a metáfora da morte, a própria vida, essa que não se vive nunca, mas apenas no lote que me cabe. Resta o jogo diário dos sachês de açúcar, admirar a composição que leva muito mais que açúcar, porém nunca permite que o designe algo como "composto de açúcar"; resta contrastar o sachê claro destinado aos refinados do sachê marrom do mascavo, delirar se também nisso a minha língua, a parca língua que me cabe também não repete seus cortes sociais, os brancos refinados, os marrons mascavos, mascates, escravos, os marrons como o lugar em que percebo a diferença, porque até então todo sachê surgia branco, puro como este açúcar impuro que não coloco mais no meu café. Eu poderia escrever sobre isso, sim, poderia, daria um bom ensaio; bastava uma pesquisa de fontes, uma bibliografia de suporte básico, um naco de historiografia, um teco de literatura, certas canções de engenho e pronto, simples assim, um ensaio sobre a cultura nacional a partir dos sachês, a superestrutura econômica desdobrada na micropolítica do cafezinho, ai de mim, que não vou escrever esse ensaio, que sei projetar nos mínimos detalhes. É tanta mediocridade que eu teria muito sucesso, sabe, seria certo, se fosse no jeitinho certo, naquela escrita zás-trás dos jornais norte-americanos com sua comunicabilidade divertida, eu podia pegar em cheio, aliás, curioso que não se escreva muito assim por estas bandas, seria o chavão católico do sofrimento, das missas com músicas molengas, da suplantação do resultado acima da experiência, do tipo, vou ao céu, pouco me importa a terra? Dava um ensaio dentro do ensaio, mas dava certamente mais bibliografia, que eu até poderia ler, se me sobrasse tempo, por exemplo, se esse café simplesmente me chegasse, em vez de ficar amassando sachês de açúcar e delirar sobre um futuro brilhante na crítica sociocultural. Moça, por favor, eu pedi um espresso, um doppio, por favor? Olha lá a cara dela, ainda fica chateada, como se fosse eu, e não eles, como se não fosse um modelo repetitivo de preguiça e denegação do trabalho generalizado, esse do jeitinho que estraçalha tudo à nossa volta; como se eu tivesse cá minha parcela de culpa por sentar num canto do bistrô nesta manhã quente e úmida, pra pedir um espresso e um croque-monsieur, um parco e pífio croque-monsieur, nesta bodega arrumada. Eu faço a minha parte, circulo parte da produção na microeconomia e ainda tenho que aguentar um café demorado, frio como a morte, e um olhar, igualmente frio como a morte. E volto ao meu ponto original, o café e o olhar que comparo à morte, pelo mesmo frio incomparável da morte, sem no entanto conseguir dizer que o café virá frio como o seu olhar, que seu olhar é frio como o café que vem trazendo, enfim. Obrigado. No canto vem passando negona forte que fica nos fundos, quase invisível, não sei se na espera da limpeza, ou no auxílio da louça; essa macaca ao teu lado é uma mina mais forte que o Banco do Brasil, eu manjo ao longe esse tiziu, dizia o Padilha do Moreira, bom, no tempo em que dava pra dizer isso, certo, no tempo em que nosso escravismo ainda não era tão acachapado, quando não tinha o imperativo, ousarei dizer categórico?, de nos dobrar ao politicamente correto. Mas eu não manjo ao longe nada, nem macaca nem tiziu, não tenho esses preconceitos, sempre achei todo mundo igual, como são iguais perante a lei, e lá vem o comparativo diferenciante, porque não são iguais *como* são iguais perante a lei, ou são porque são desiguais em si e desiguais também perante a lei, essa mesma lei que prende e encarcera por Pinho Sol. O Pinho Sol nas bancas de revista é que me enche de alegria e preguiça, ou só de preguiça. Mas preguiça, preguiça mesmo têm essas aí que chegam tarde, neguinha preguiçosa, a culpa, alguém vai dizer, não é dela, mas do sistema; mas quem é que faz esse sistema? Eu estou aqui, café em riste, Quixote cafeinômano, para bancar a preguiça dessas duas, ou três, sim, três: a que me atrasa o café e o lanche, a que me atrasa de trazer o café, a que me atrasa até de chegar ao trabalho. Na minha família não teria disso, se eu tivesse filhos. Não tive, não quis, não sinto falta. Deu no mesmo e o mundo bem pode se acabar. Lá vem o croque--monsieur, finalmente, uma era, uma espera beckettiana pra ter um simples café da manhã com dignidade, minha nossa senhora, como pode um país seguir adiante com esse tipo de gente? Obrigado, é... você me traz um pouco de leite? Como é que eu esqueci o leite? Pronto, lá se vão mais quinze minutos de inferno moratório, nem o sentido em Derrida teima tanto em diferir. Agora beberico café sem leite mesmo, frio como sempre, como a morte. Mas como eu comparo as palavras frio e sempre, como é que posso usar a mesma palavra, frio *como* sempre, frio *como* a morte, frio *como* essa lombar desgraçada que não para de doer nem com relaxante, frio como a morte que me espreita tantas células nos músculos da lombar, fria como a ossada que deixarei exposta sob a terra muito depois de já não ter mais músculos da lombar. O amor é mais frio que a morte. Isso poderia dar um poema, se eu fosse me meter no delírio da poesia, berrar aos quatro ventos meus poemas se você gosta de poesia, se eu fosse espalhar aos inadvertidos as bobagens que me atravessam as sinapses e citar Fassbinder achando que é só meu; não, eu não nasci assim caduco. Sou lúcido, sim. Obrigado. Sou lúcido, e o leite, a safada trouxe o leite rápido só pra não ter de ouvir um rompante merecido, trouxe um leite morno, com certeza, que vou depondo na mistura do café, que vou mulateando no café de cada dia, como bem poderia mulatear uma neguinha dessas, talvez como um favor de tirá-las desse serviço de mula mesmo, voltado para as mulas, feito por mulas. O croque-monsieur não passa de morno, merecia mais crocância, afinal, queridas, é croque, espera-se que faça croque-croque. Olha a bundinha dela, olha lá. Se bobear empina só para sair daqui, para arranjar um marido que sustente; elas é que são a culpa do feminismo que assolou tudo, elas é que geram o machismo, estão assim, ofertas, para qualquer um, rabos de saia em exposição, quadros numa galeria viva. A macaca, palavra que penso, mas não falo, essa fálica agora volta encavalada no uniforme de sempre, bem que merece, não foi procurar coisa melhor na vida. Eu vou deixar o croque-monsieur pela metade, só mais uma mordida, pode ser, ela bem que merece, e tomo esse resto de café agora mais frio que a morte.

XI.
A Justiça

— Mas é isso que eu tô te falando, bicho, não tem jeito de fazer a volta toda, ninguém consegue estar aqui e lá ao mesmo tempo, não rola querer abraçar o mundo com as pernas, fraga? Vou te falar: se for insistir nisso, cê vai é tomar porrada pra deixar de ser otário, vai tomar merecido; por isso que eu tô fora do rolê. — Não é tanto, cara, não é tanto, e não tem outro jeito; pego aquela mesa? — Tanto faz, ali pelo menos tem janela. — Eu gosto de janela. Bate um vento. — Nesse bafo lazarento, nem vento bate, que inhaca. — Inhaca nada, rapá, cê tá limpinho no ar condicionado, chegou agora pro ranguinho esquema fino, deixa de ser jacu. — Jacu teu cu, otário. — Jacu teu cu. Gênio. Anota. — Tá tudo anotado. Sempre. — O que que cê vai pedir? Rola uma bera? — Ah, sei lá. Tá cedo, não? — Sei lá. Tá perto do almoço. Eu acordei mais cedo, já encaro, mas só se tiver companhia, bora? — Bora. Foda-se. Que mal faz uma? — Que mal faz, né? Se pá, duas. — Aí vamo ver na hora, primeiro a primeira. Mas sério, deixa disso. Só rola cantar o que cabe na tua voz, isso vale pra nota, vale pro fraseado, mas vale, talvez mais que tudo, pro assunto. Esse é o drama de compor e de cantar, meu querido. Se fosse fácil, todo mundo fazia, num é? — Pode ser, mas e a demanda do risco? Eu vou ser só eu? E que diabos eu sou? Eu é? — Cara, seguinte. — Moça, traz uma gelada? Qualquer uma, a mais gelada. Não precisa de cardápio, a mais gelada. É. Gelada é a melhor marca. — Essa eu nunca esqueço. Sabedoria pura.

Mas é melhor se for um chope. — Aí eu concordo. — Eu é isso, bicho. O que concorda. Não dá pra cantar o que não concorda. Pensa só, concordar, concórdia, com *cordes*, isso aí é ter coração junto, um só coração, sem breguice, é partilhar do mesmo timing, do mesmo time, concordar é saber de cor o que é do outro. Cê não sabe, não tá concorde, não pode cantar o que não concorda. Aproveitando o trocadilho: acorda! — Tô acordado, tô acordado, vou manter o trocadalho, eu tô no mesmo acorde, mas dissonância também é acorde, tá ligado? A nota fora faz parte do dentro, muda o que tá dentro, dá uma chance de ressignificar. Pensa no Noel. Ele era branco, estudava medicina e foi parar na nata do samba quando todo mundo era negro, a maioria fodido, ele foi aprender a ser um fodido também; não é só coisa de malandragem, entende, é viver a parada inteira, sem nunca ser igual. O cara era foda porque era a nota dissonante. — Cara, ele foi contemporâneo do Cartola. Pra não falar das parcerias. — Ah, cê fala de parceria, mas nem lembra o nome. Vai, fala um. — Sei lá, cara, num importa. Ele não tava sozinho, ele virou parte daquela comunidade, mesmo que originalmente fosse de fora. Tem que entrar, não existe nota de fora, não existe a voz de fora, ela falha, é fanha, gagueja, ela entrega, pior, ela se entrega de primeira, igual gringo que a gente manja pelo sotaque, saca? — Saco, mas pensa aqui. Olha pra garçonete, quem vai cantar a coisa dela? Hein? Deve ser ferrada, trabalhando o dia inteiro, tentando, sei lá, encarar um supletivo noturno, batendo um busão nervoso dia e noite, moída de cansaço, com pouca grana, malemal acha um livro, sei lá, pra ler. Quem vai dar voz pra ela? — Pera que a cerveja tá chegando. Opa. Obrigado. Deus é bom e vem gelado. — Acho que ela não curtiu a piada. — Deve ter religião séria. Mal aí. Não é problema meu, exatamente. — É teu se você vem falando merda, ué. — Desculpe, cruz credo, que nervosinho. — Bom, seguindo. — Gelada, delícia. Porra, brinda. — Saúde, à amizade. — À amizade. — Voltando. Quem vai dar voz pra ela? — Sério que ela precisa de alguém? Você quer dar voz pra ela? Tadinha assim? Bicho, repara, ela é toda arrumadinha, você é que tá fantasiando com o horror, a ignorância, a fraqueza dela. Se pá, ela escreve, manda melhor que você, canta melhor que você. Quem que te garante. Eu garanto que é gatinha, tem grana mínima pra tar arrumada aqui, no grau. — Tá, verdade. Perco essa, mas assim, tem gente pior. Quem vai cantar? — Eles vão cantar. Quer que eu soletre? — Cara. — C A N T A R. Eles vão cantar sozinhos, ninguém precisa de você. Sei lá, eu preciso pra essa bera, mas não muito mais que isso. — Obrigado pela parte que me toca. — Sentiu o toque lá no fundo? — Sifudê. — Obrigado. Estamos à sua disposição sempre que necessário. — Mas quem não tem voz? — Quem não tem voz sou eu, com essa laringite infernal me rebentando toda vez que eu falo. — Cara, olha ali, mas olha de boa. Aquela ali, ó. Deve ser da limpeza. — Onde? — Quatro horas. — Que quatro? Quatro da tarde? Tá doido? — Porra, relógio. Não sabe ver relógio? — Que conversa de relógio, maluco. Tá achando que eu sou milico pra me achar no espaço com relógio. — Atrás, à tua direita. Olha devagar, pelamordedeus. — Segura. Já vou olhar. — Ela saiu. — Bom. Então? — Então eu conto. É outra daqui, mas estranha, bem mais estranha, mais sujinha, maior, graúda, sei lá. Eu nem vi direito, pra ser sincero. Mas tem cara de quem nem fala, só labuta, no fundo, fora da visão. Quem garante que pensa? — Pronto, viu? Você quer dar voz e pensamento pra ela. Aí nada vai pra frente, cara. Você sonha ajudar e fica a um passo do totalitarismo. Enche o copo? — Pera. Aqui, inclina pra ficar no ponto. Mas vamos supor, então. Não, vai, eu mandei mal. Vamos supor outra coisa, tipo, que ela realmente é uma dessas milhares de pessoas sozinhas por aí, por todo esse diabo de cidade que não termina e que a gente nem conhece, porque a nossa vida é mansa. — Pera que tocou o zap aqui, deve ser a patroa. — Vai lá, responde. — ... — ... — Era um bróder das antigas, queria saber se vai ter som na próxima semana. Cê pode? — Acho que sim. Mas preciso confirmar. Fala que eu digo depois, pode ser? — Pode. — ... — ... — ... — Como anda aquela tua bicheira? — Que bicheira? — Aquela zica na pele? — Cara, tá horrível, veio subindo na virilha, mas dá pra tocar adiante, vou entrar com uns cremes, um comprimido que nem sei o nome, sei lá. — Tá. — Pois é. — O que é que cê tava falando antes mesmo? — Nem sei mais. Ter voz, dar voz. — Que você não pode dar, nem dar pensamento, sem ser um tirano no mundo. — Lembrei. Olha aqui, vamo supor que seja uma ferrada de verde e amarelo, como diz o meu vô. Se for assim, sem nada, quem vai cantar? Alguém precisa cantar. — Que tal, olha a plaquinha do sarcasmo, a gente deixar eles cantarem? — Sim, num sonho. Mas se fosse pra cantar agora, abrir a porta pra eles. — Você não tem porta pra abrir pra eles. Eles é que têm que arrombar. A gente pode é não forçar a barra. — Mas e se eu quiser cantar o que eles têm, por que me dizem, me movem, me comovem, me ensinam a ser menos eu? — Então canta. Mas cante você esse eu deles. — Eu canto eu o eu deles? — Pode ser? — ... — Tipo, continua sendo você, bicho. Como é que cê acha que pode fazer um relato do outro? O que vai te dar condição de poder falar pelo outro? — Sei lá, tipo, eu não me vejo como inteiro, eu posso assumir que, no que não me reconheço como um todo inteiro, eu posso falar do outro, tipo, no meu fracasso de me relatar, eu me abro pra relatar também os outros. — Desenvolva, Freud. — Tipo, eu me reconheço como incompleto no meu saber, por isso posso também me aproximar dos outros, do outro que me move. — Cabou a bera. — E eu preciso ir, lembrei duma treta feia pra resolver. Vou mijar, e você pede a conta? — Eu peço e pago.

Mas o que foi? — Depois eu te conto, é meio chato, na real. — De boa. Mas nem rolou o rango. Eu paro noutro lugar mais barateza. — Vai na sombra, então. Vou no banheiro e te encontro lá fora. — De boa.
— Você me vê a conta, por favor? Melhor, toma aqui a grana e pega o troco. — Cara, eu vi a mina. Brou. É outra coisa. — Mas essa coisa muda alguma coisa na nossa conversa? — Sei lá, nada muda nada; tudo muda tudo. — ... — Virei um sábio chinês. — Tá. Mas a gente não chegou a lugar algum, como sempre. — Como sempre. Cê tá esperando o que não chega, provavelmente. — Eu tô esperando é um sinal dos céus, ao que parece. Mas a gente continua outra vez. — E não termina outra vez. — E toma mais bera da outra vez. — E se der certo, até briga na próxima vez. — É. Bora fazer um rolê nervoso. — Bora. Lacrou. — Fui.

XII.
A Estrela

Que bom que você avisa que tem filho, assim facilita e a gente não tem surpresa, vc é mãe já sei q n rola nd sério; mesa três, dois pratos do dia, um suco, um café, dá oitenta, débito ou crédito? quer sua via?; eu vou ter que falar com ela hoje, não dá mais pra segurar as pontas, sei lá, como é que falo?; mesa oito, um prato do dia, fritas, pudim, dá cinquenta e vinte, débito ou crédito? quer sua via?; cara, é uma correria diária nesse horário, olha a Clara ali, parece uma barata tonta, ninguém dá conta desse ritmo de segunda a segunda, tinha que arrumar alguém pra segurar as pontas aqui, mas vai pesar bonito nas contas; mesa doze, um prato do dia, um bife a cavalo, dois refris, dá setenta e cinco redondo, débito ou crédito? quer sua via?; eu viro uma máquina junto às máquinas, repito as mesmas coisas e nem me escuto mais; N fala da minha mãe vadia; mesa quatro, cinco pratos do dia, dois refris, dois sucos, uma água, três pudins, três cafés, dá duzentos e oito e trinta, pagamento em dinheiro, eu arredondo pra duzentos e cinco; ela tem essa coisa estranha, dá pra ver na cara da geral, quer dizer, não da geral, mas de muita gente que passa e faz um tipo de uuuu, sei lá, eu, por mim, não tinha problema, mas é um negócio, e preciso tocar o negócio do jeito; mesa catorze, dois pratos, mais nada, é isso? dá sessenta e dois e oitenta, débito ou crédito? quer sua via?; ei, querida, você gostou do almoço?; adorei, amiga; claro que gostou, quem não gosta da nossa comida só pode ser besta; pegou um cafezinho?; peguei não, onde fica?; ali perto da porta, tá fresquinho; quanto deu; deu nada, fica por conta da casa; que isso? faço questão; a gente acerta outra hora, agora é correria e amiga não pode pagar o mesmo né?; ah, obrigada; de nada, mesmo; boa tarde, viu?; boa tarde, e volte mais, quem sabe eu consigo um tempinho pra conversa; vamos marcar; vamos sim; mesa dois, três pratos, mas um foi parmegiana, uma cerveja, um refri, dá cento e um e cinquenta, débito ou crédito? quer sua via?; quem quer sua via nessa vida, meu deus?; se n casou é que n vale muito; eu não paro de pensar nessas respostas, nessa nojeira da imagem da mãe solteira; você é bem feminazi esquerdista mesmo, coitada da criança com uma mãe puta dessas que fica procurando macho; mesa um, um bife a cavalo, um café, trinta e cinco e quarenta, troco pra cinquenta, quer sua via?, ai, desculpa, nem tem via; gente, eu tô voada hoje, pensa direito, moça, ela não pode passar por isso, é uma coitada, mesmo que seja aquilo, que seja assim, o que é que fez de errado? mas o que é que eu tenho de errado se privilegio o negócio? faz parte, não faz? faz parte, quem vai me julgar?; mesa nove, um prato do dia, um refri, dá trinta e oito e vinte e cinco; o corno que deve ter te dado um pe na bunda pq tu n se depila; débito ou crédito? quer sua via?; acho que fiquei com cara de abestada por um tempo, mas não sai da cabeça, porque eu não me depilo?, que imbecilidade, mas ela, sei lá, parece até que se depila, faz o que pode no corpo que tem, com a grana que tem, eu não vou dar conta, eu não consigo, gente, não consigo assim, eu posso, sei lá, tentar convencer que é o melhor pra ela, que dá outro rumo, outra porta que se abre, jurar que dou ajuda, pagar aviso prévio, coisa e tal, ela vai topar sim, parece que começou a esvaziar um pouco, só faltam três na fila direto, aí eu posso pensar num respiro mínimo, botar a Clara um minuto no caixa; mesa sete, quatro pratos do dia, duas cervejas, um café, dá cento e cinquenta e trinta, dividir por quatro? sem problema, débito ou crédito? quer sua via? débito ou crédito? quer sua via? débito ou crédito? quer sua via? débito ou crédito? quer sua via?; eu me ferro pra dar conta dessa casa, pra tocar tudo adiante, levar a pequena na escolinha, e ainda tenho que aguentar esse tipo de coisa a cada dia, como se fosse uma alienígena, sei lá, tipo ela, mas ela é de outro tipo, todo mundo repara, é outra coisa, não tem filha, nem sei direito onde é que mora, fala tão pouco, parece encruada, e hoje tá que parece que enfiaram uma vassoura no cu, toda dura, virando de corpo inteiro, parece eu com meu ombro, só que por inteiro, vai saber o que mais ela tem, viu; mesa dez, um parmegiana, um suco, um café e um pudim, dá cinquenta e cinco e quinze, débito ou crédito? quer sua via?; vamos pro último, enfim, depois ficam aquelas poucas mesas e o conta-gotas dos que vêm mais tarde, benza deus que não seque tão cedo, eu vou falar com ela sim, mais tarde um pouco, eu tenho que cuidar de mim, vou é ficar doente de cuidar dos outros, sempre dos outros, sem dormir, sem transar, sem amar direito, é, eu vou falar, quer saber, se ela chorar, ou insistir eu vou propor um salário menor, aí ela vai recusar, porque não vale a pena, ninguém aceitaria; mesa treze, dois pratos do dia, um pudim, dá setenta e trinta, débito ou crédito? quer sua via?; lá vem mais um na hora que a fila acabava, ué, vc ficou solteira pq quis e parece esperta e que todo mundo sabe q ngm leva a sério mulher com filho p q se ja teve filho e ta solteira boa coisa n é; ninguém acha que é, né? ninguém acha nada, gente esse ombro me pega de jeito na virada, é o estresse, eu tenho certeza, se eu tirasse uns dias pra viajar, ficar leve na beira do mar, ou coisa do tipo, sei lá, um chalé na serra, sem a pequena por uns cinco dias, ter dias pra mim, um pouco de mim pra mim; mesa cinco, quatro pratos do dia, três parmegianas, dois bifes a cavalo, cinco cervejas, fritas, quatro pudins, sete cafés, dá; gente, assim é que é bom, numa leva só; dá quatrocentos e quinze e trinta, vai dividir em três? débito ou crédito? quer sua via? débito ou crédito? quer sua via? débito ou crédito? quer sua via?; Clara, assume aqui um minuto, por favor? eu vou resolver algumas coisas lá atrás, cinco minutinhos, coisa rápida mesmo; é, eu vou ter mais tempo pra mim, pra ser.

XIII.
Temperança

Um cão, por exemplo, se traduz em câmera de segurança, que tudo encara, da maior importância, e assim silentes veem no rastro:

coisa corrente pingente cimento concreto pedra prego areia viga tábua folha papelão escada cavalete lixa pilha telha madeira caco tijolo brita piso baralho desodorante andaime boneca cabelo grama palanque trapo isqueiro calota mijo placa bueiro asfalto disco mamão pente guimba lata lente caixa espelho listra paracetamol cassete pérola bússola pipoqueira picareta prato espingarda prata manta casco dedo lona pote óleo porta uva máquina celular chip fita plástico bolha forma lousa terço couro tevê cigarro sutiã cebola bolsa cortina carro pipoca estalinho lanterna xícara casaco cd garrafa louça lenço igreja cacto trinco privada jesus beatbox varal câmera som sofá mesa videogame pena cabo cadeira banco rivotril bistrô rato torneira sapato para-brisa furadeira rodo meia mala bota traço giz paletó gema realengo patuá calha revólver malha maço água olho braço busto poltrona escorredor bronzeador canela panela fronha pombo cruz guano pé prateleira biscoito caderneta chinelo unha dentadura queijo bobina colher almofada mola joelho roda tinta cômoda antena vidro jardineira sonrisal teclado lítio mouse boteco cavaco enxadão mão livro palito talento papel pepino guardanapo pano estrado bailarina roçadeira perfume frasco tampa pardal groselha leiteira vaso pescoço escarradeira maria barquinho valium passagem alface carteira cabaça cartão chuquinha parafuso lixeira salamandra benzoato cronômetro facão benjamim buzina lençol vestido maiô vitrô sandália tênis lombo orelha língua interruptor laço incenso carniça peça boné chuteira grampeador cinzeiro bota esquadro pá micro-ondas bagulho estanho acetona ametista bengala faca toalha guardanapo quiabo ovo macarrão arroz farofa tomate feijão garfo osso batata jiló joia calça avental vestido pentelho calcinha tronco dente pele coluna dado revista manga fogão tripé silvertape tamborim jornal canivete abajur penico divã benzetacil rosca goiabada copo filtro cachimbo armário bermuda pia carrinho cerveja quadro lápis cordão chaleira coador querosene chaira funil estrela pistache calendário cheetos xadrez pião bombril fone garrafão engov grade coifa cano passaporte coca título relógio sabonete pulseira brinco óculos cachaça farinha vela dendê galo bode alguidar chuchu sunga tamanco capim linha fusível pinguim broca poste pasta foto piranha guitarra clipe filme flanela pelúcia velotrol tomada escova luminária vasilha hidrômetro identidade walkie-talkie letreiro retrovisor notebook tabuada casca barata chapa chorume pastel compasso rede rímel carroça bola cafeteira fêmea flauta biquíni lenha pedal aliança camisinha moeda elástico peruca cueca fio farpa hidrante boia caderno champinha limão cesto soldadinho cebion cobertor travesseiro colchão carimbo jirau caneta aparelho balde pires controle banana tanquinho tapete alfinete bolo mochila carrapato tela microfone lâmpada grampo relicário vassoura epocler prédio bucha capa realejo chapéu sapatilha palha sabiá barbante crack sombrinha tacho computador chaveiro taco radiador postal fuzil peixeira barril lagartixa açúcar motor aro bicicleta dedal bainha tiara sorine cachecol veneziana chocalho vitrola touca batom rádio tesoura secador bacia gaita aranha pó sombreiro violão capacho chapinha gaveta chupeta lego estátua binóculo régua concha báscula carbono canudo maçaneta caixote corda envelope pulso botão cantil anel esmalte xampu sonda alicate trouxa gesso seringa mercúrio gilete algodão agulha luva emplastro gaze cotonete esparadrapo pinça máscara fralda faixa saco patente calculadora absorvente coisa

    Longa paisagem de tédio e labor intenso. Um deserto por fora se espraia por tudo. Claro. Denso. No corpo se inscreve. Cansaço.

XIIII.
O Mago

Mano, olha essa pilha cretina de louça e olha pra cara dessa coisa ali fora comendo aquele rango meio frio, ninguém aguenta essa vida, e não tem salvação na outra, irmão, pode saber, que a lei é uma só, do Cristo Salvador, irmão, quem não aceita a fé não segue em frente, eu tô subindo com tudo, eu sigo firme, agora eu tô lavando louça, que já me esfola os dedos, consome devagar a minha carne, arde que nem o inferno, mas Jesus comigo me leva, vai me dar meu carro, eu tô guardando a grana, entrei no consórcio, agora usado, amanhã zero, um dia vai me dar a casa que eu quero, nem que seja no financiamento, eu vou com fé, irmão, aquela coisa é que não tem destino, olha como mastiga lento, quem vê imagina uma vaca, imagina aquela boca mole, ruminando o capim velho na falta da chuva, que nojo, esse rango deve tar um ranço, será que é da coisa? não é, não pode ser, a gente pega daqui, nem é a carne, é a boca mesmo, essa moleza, essa inhaca, mas escolheu essa vida, escolheu do jeito dela e todo mundo paga, eu já paguei a minha parte, já cumpri a minha sina má, agora pago o que é mais certo, o que é barato pra salvação do irmão, enfrento a louça a semana inteira, perco a praia, a brisa, me refresco só na pia, mas esperem que a coisa vai crescer, ela tá lerda mesmo, e o prato, todo mundo sabe, é da casa, a gente só não leva mais pra casa, porque deu treta, muita gente disputando um só, bando de usura, de olho gordo no alheio, tanta treta que a patroa fez foi certo, cortou o prato pra levar, e agora joga tudo fora pra não vir mendigo filar a boia na cara dura, bando de vagabundo, pecado da preguiça, da inveja, fora do prumo certo, irmão, quem aqui leva vida mansa, do outro lado queima, queima sem fim no escuro, olha pra coisa, será que pensa? quase não fala, não tem amigo, duvido, coisa perdida na cidade, não deve nem ter família, coitada, coitada nada, não tem porque assim se fez, vai renegando, vivendo a doença da alma, perde pro coiso, um dia perde tudo, nem pega o diabo da faca direito na mão, toda entortada, hoje tá pior que de média, mais lerda, vai é perder o bonde, eu não, eu tô ligado, eu tenho fé, irmão, aturo a mão ardendo, passo um óleo no final, eu vou em frente, a louça um dia acaba, acaba.

XV.
O Julgamento

RIO — No estado mais letal para mulheres no Brasil, *sério que é o Rio?*, a ONG internacional Human Rights Watch traçou uma radiografia deste tipo de violência e apontou as principais falhas na resposta do Estado, em um relatório divulgado nesta quarta-feira e já encaminhado ao governo federal e ao Ministério Público Federal. *Cara, o que é essa foto? Por que sempre estamos com a imagem apagada, entre a vergonha e o abuso?* Roraima tem a maior taxa de homicídio de mulheres do país: *ah, é Roraima, mas que confusão desnecessária, meus queridos*, 11,4 assassinatos por 100 mil em 2015, *que troço absurdo* — dado mais recente disponível —, enquanto a média do Brasil é de 4,4 homicídios para cada 100 mil mulheres, *vamos fingir que isso é pouco*. VEJA TAMBÉM. Projeto de lei reduz pena para violência sexual 'sem graves danos'. *Sem graves danos, pimenta no cu dos outros é refresco, e na bunada não vai dinha?* Após caso do 'BBB', especialistas debatem relacionamentos abusivos. *Que caso do 'BBB', meu Deus? Que caso? Que preguiça.* 'Mulheres têm menos voz, participação, e não têm poder de decisão', diz Miriam Müller. *Bom, pelo menos é uma mulher que disse o óbvio.* O levantamento '"Um dia vou te matar': *que nome é esse?* impunidade em casos de violência doméstica no estado de Roraima", *ah*, feito de fevereiro até início de junho, mostra que as três principais causas desse cenário de feminicídio são um conjunto de obstáculos para as mulheres realizarem denúncias; falhas na investigação policial; e falta de monitoramento para ver se as poucas medidas protetivas alcançadas estão funcionando. *É claro que não.* ÚLTIMAS DA SOCIEDADE. Casal gay que recebeu carta do Papa por batizar filhos ouviu 'não' de quatro igrejas 08/08/2017 16:30. *Mas por que diabos querem tanto batizar na igreja? Precisa mesmo? Não seria melhor ficar de fora dessa palhaçada, em vez de pedir bênção?* ONG que atua com educação de crianças é destaque em guia inédito 08/08/2017 14:44. *Whatever, que letra miúda.* Julian Assange oferece emprego a autor de texto sexista do Google. *Não tem condição, na mesma linha a gente passa da morte ao banal de todo dia desses machos brancos bestas.* Leia mais. *Boring* — Isso leva a um ambiente de pouca investigação, o que cria um clima propício para a impunidade e a repetição desses casos — avalia a diretora da Human Rights Watch no Brasil, Maria Laura Canineu. — Estudamos o caso de Roraima, mas é importante dizer que esse cenário reflete o que acontece em muitos outros lugares do Brasil. *Cara, que fome.* Temos, desde a Lei Maria da Penha, uma legislação forte de proteção a mulheres, mas temos imensa dificuldade de colocá-la em prática. *E quem se importa se morre uma mulher, quando o macho tem pra defender uma honra tamanha? Quem cuida se eu ou qualquer uma aqui, se uma dessas negras aqui, acordar numa vala, ou sem corpo na vala, nem?* Ela cita, como exemplo, o horário de funcionamento limitado das delegacias da mulher em Roraima — não abrem à noite, nem aos finais de semana, e na capital, Boa Vista, só existe uma — e a ausência de uma sala privativa para que a mulher possa fazer denúncia de agressões dentro das delegacias especializadas. *Como se ouvissem direito o que diz uma mulher, como se ela não fosse se foder na comunidade, enfrentar julgamento de amigos, enfrentar julgamento de juiz, se arriscar a tomar um processo por difamação, quem encara tudo isso, quem?* COMEÇA ESSA SEMANA O CERVEJAS DA SERRA. *Fome, fome, fome.* — Em geral, não se oferece à mulher nenhuma privacidade, *é o que eu tô dizendo*, ou acolhimento para que ela possa compartilhar o histórico de violência que vivencia. E é comum, pelos relatos que obtivemos, que o delegado peça à mulher para voltar em outro momento, o que mostra um grande despreparo. *E desinteresse, sejamos sinceras.* Eles não consideram que uma denúncia de violência doméstica seja urgente. *Só se for a mamãe, a irmã, a mulher, a filhinha, a amante, só se for deles, assim, no possessivo, deles, só se ferrarem com a carne deles. Gente do céu, amplia essa letra.* E, mesmo quando se faz boletim de ocorrência, mais da metade dos casos acabam prescrevendo, porque não há eficiência na investigação. *Leia-se, não há interesse.* Isso acontece porque não se leva a palavra da mulher com seriedade. *Ouceje.* PATROCÍNIO VIA PARQUE SHOPPING. *Gente do céu, uma batata frita, meu reino por uma batata frita.* Conversamos com uma vítima de violência doméstica que denunciou 15 vezes e todos os crimes prescreveram — destaca Maria Laura. O relatório de 26 páginas documentou 31 casos de violência doméstica e entrevistou vítimas, policiais e autoridades do sistema de Justiça. Em Roraima, a taxa de homicídio de mulheres aumentou 139% entre 2010 e 2015. *O horror. E só aumenta. O horror.* — Muitas mulheres em Roraima sofrem abusos e violentas agressões durante anos antes de reunirem coragem suficiente para procurar a polícia. E, quando o fazem, a resposta das autoridades é péssima — reclama a especialista. — Enquanto as vítimas de violência doméstica não obtiverem ajuda e justiça, seus agressores continuarão as agredindo e as matando. OITO VEZES MAIS MORTES DO QUE NA ARGENTINA. *Eu vou é pra lá, ou pro Uruguai, quem vem junto?* Roraima já era o estado com maior letalidade para mulheres em 2013, quando foi divulgado o mapa da violência daquele ano, e manteve a posição negativa em 2015. Para se ter uma ideia, países vizinhos têm taxas de feminicídio muito menores. Na Argentina, por exemplo, o índice é de 1,4 mortes de mulheres a cada 100 mil — número oito vezes menor do que Roraima, e quatro vezes menor do que a média brasileira. — E o que nos preocupa é que, enquanto a Argentina foi tomada por uma intensa campanha contra a violência doméstica, intitulada "Nenhuma a menos", com pessoas indo às ruas, este é um assunto que não entra na agência nacional do Brasil — lamenta Maria Laura. *Será que nunca faremos senão confirmar a incompetência da América católica.* O MELHOR DA ROTA CERVEJEIRA DE PRESENTE PARA O SEU PAI. *Queria ver a rota cervejeira para as mães, tá, seus lindos.* Segundo o Human Rights Watch, nenhum policial civil em Roraima recebe qualquer treinamento para lidar com casos de violência doméstica. *Ah, recebem, sim, claro que recebem, só que pra cometer violência doméstica, desde que nascem, desde que entram no sistema.* Alguns deles, ao atenderem mulheres em busca de medidas protetivas, redigem suas declarações de forma tão descuidada, *leia-se tão ligando o foda-se*, que faltam informações básicas necessárias para os juízes decidirem sobre a concessão da medida protetiva, de acordo com o relatório. A polícia civil não consegue dar conta do volume de ocorrências que recebe. *Ah, tadinhos. Vou chorar aqui por eles.* Em Boa Vista, a polícia não conduziu nenhuma investigação em 8.400 boletins de ocorrência de violência doméstica que estão acumulados. *Gente, olha esse número, ê vista que já danou de arder.* A maioria dos casos se arrasta por anos e, eventualmente, é arquivada em razão da prescrição dos crimes — sem que alguém seja formalmente denunciado, segundo a própria polícia. *Acho que vou parar de ler isso aqui, tá quase tirando a fome, ou sei lá, quase monstrificando a fome em nojo* — É preciso, urgentemente, melhorar a estrutura física das delegacias especializadas, incluindo nelas salas para as mulheres darem seus depoimentos com privacidade, dar treinamento aos policiais para fazerem esse atendimento, e priorizar essas investigações para que os crimes não prescrevam — recomenda a diretora da organização no Brasil. *Porque a gente tem que repetir o óbvio ao infinito. Será, será, que será, que será, que será? Será que esta minha estúpida retórica terá que soar, terá que se ouvir por mais zil anos.* ANTERIOR. Humanidade poderá ser extinta em 30 anos, diz Stephen Hawking. *Vem, meteoro!* PRÓXIMA. Mesmo com polêmica, festival de carne de cachorro acontece na China. *Tá duro, hein?* Leia mais. *Podexá, mas primeiro a comida, pelamordadeusa.* RECOMENDADAS PARA VOCÊ. *Nossa, como eu sou importante.* Samsung anuncia televisores QLED em três novas linhas Samsung — Buscapé. *A minha cara mesmo.* Troque a Poupança pelo Tesouro Selic e lucre alto Empiricus Research. *Como é que bolam isso, gente?* Escola de Niterói se destaca por ensino inovador do inglês. *Quero ver quando ensinarem o guarani, o iorubá, o nheengatu, aí me avisem, ok?* Ainda não tem um cartão que você pode ficar livre de anuidade? Santander. *Que fome lazarenta.* Convidados do casamento de Messi doaram 'apenas' R$ 35 mil... *Sem comentários.* Cérebro de médium em transe ativa área mais ligada à vivência do real. Emily Ratajkowski faz graça no 'stories' com blusa desabotoada. *Putaqueopariu.* Britânico é condenado por posse de boneca sexual com... *Chegou.*

XVI.
O Papa

A estrutura do banheiro é minúscula e a essa hora do dia já cheira um pouco mal, pelo uso constante das últimas horas; mesmo com os produtos de limpeza e com a circulação do saco de lixo de tempos em tempos, já começa agora a incomodar pelo acúmulo do ar; como numa longa viagem de ônibus, o cheiro se espalha um pouco no entorno, mas é ainda possível fingir que não, de modo que tudo segue seu ritmo cotidiano, numa passada rápida e desatenta. Por isso entra rápido, sem deixar a porta de todo aberta, entra com uma fisgada do pescoço, que desce pela coluna e trava quase o começo da lombar, numa peça inteira que não consegue mais olhar pra trás, num corpo grosso, escuro, que se mexe por inteiro, sólido, maciço, numa superfície rija; foi de lado pela fresta da porta de madeira pintada de uma cor rosa que não consegue definir nos padrões das lojas de tinta, poderia ser rosa-queimado, rosa-bebê, outra coisa do gênero, o que pouco importa de fato, já que quase nenhum frequentador se dá ao trabalho de analisar a combinação de cores que tomou tanto tempo de quem a decidiu. Com certo esforço, abre-se o botão da calça, um pouco apertada para o quadril, a ponto de deixar uma marca que atravessa a parte de baixo da barriga, como um cinto na pele, uma ruga reta e circular, um contorno quase ao meio do corpo como uma ruga ao centro. Com a liberdade do espaço e da roupa, o rosto se molda em outra carga, algo da ordem do alívio, mesmo que haja um aperto nas entranhas, senta-se, solta-se, apoia-se o cotovelo na coxa, o queixo na mão, e a vista encara o vazio à frente, mais precisamente a pia quase colada à privada, num espaço miúdo; o tempo é curto e os gases saem discretos, na medida do possível; a cena é toda de banalidade e serve apenas como realismo barato e necessário de um corpo ao mesmo tempo frágil e robusto. Mas tudo estanca num ventre preso, o corpo, como tudo, emperra e assim se mostra; recusa o fluxo fácil e, porque emperra, mais existe, longe da mente que o controla e que o sonha como posse simples, quinhão e sina. A urina desce naquele ruído leve de águas, o cotovelo se desdobra lentamente, a mão procura pouso no outro joelho, reenquadrando a cena, a perna direita se estica enquanto o tronco busca pouso e encosta na caixa da descarga; as costas, se tivessem um som de voz, rangeriam, mas mal estalam, sobretudo doem, intransitivas; um olho pisca, demora-se fechado, busca o úmido de si, ardido; a língua faz um movimento para engolir em seco a saliva parada; um dente ameaça começar sua pontada; cada parte parece ser própria, e um todo não se divisa mais, porém retorna, se empina, sobe calcinha e calça, ajusta-se de novo à roupa, vira-se, aperta, escuta a descarga, segue lento para fora.

XVII.
O Mundo

Foram as duas lá pra trás, eu acho que deu BO, quem vai nessa conversa se danou, daí, imagino que coisa boa não sai de lá, nunca ninguém me chama pra dar boa notícia, boa notícia é papo furado, história da carochinha, a gente toca adiante o que pode, como pode, a minha cabeça tá explodindo e eu preciso do beck agora, Jesus do céu, só um tapa de leve, as duas vão conversar, a Tina tá na linha de frente, o movimento diminuiu no horário, eu vou correndo dar uma bola, ninguém vai reparar, eu já dichavei no banheiro, tá no esquema, apertadinho no bolso, bonito que só eu sei, eu vou agora; Tina, segura a ponta que eu vou ali rapidinho, belê?; vai onde, Clara?; porra, tem que perguntar alguma coisa, né? sei lá; eu vou dar um pulinho no banco, daí, resolver miudeza, dois tempos; banco já fechou, menina; mas tem que insistir na conversa, é coisa de carola mesmo; eu vou no caixa eletrônico, tem um boleto do meu velho; tem nada né, nem convenço nessa conversa mole, mas dane-se, eu só vou dar um tapa, volto em dois minutos, chego pra hora em que volta a encher, ninguém vai reparar coisa nenhuma; tô indo, hein; vai lá, vai lá, só não demora mesmo, porque você já sabe, daqui a pouco o bicho pega; dois minutos, o banco é perto; perto nada; é perto sim, dois minutos, eu garanto; a cabeça lateja bem no meio, uma agulha fina entrando no olho direito me atravessa até a parte de trás do coco, uma merda, gente, todo dia tem voltado, faz é tempo, ninguém merece; e toca pra direita, a Tina não vai ver, pra lá que tem uma pracinha dessas de ninguém, como é que pode a gente precisar tanto duma coisa assim, que parece mesmo a salvação? cada um tem sua cachaça, eu sei, mas como precisa desse tanto, como é que tudo não me atravessa de qualquer jeito, como é que tudo faz tanta diferença, que eu escolho meu beck, deixo de lado o cigarro, morro de amor pelo café, morro de preguiça de cerveja, tô fora do pó e de outras ondas, como é que nego cafuné, mas quero ser chupada? vai saber, eu é que não me sei; segura o bicho, agora vai, sentadinha aqui como todo mundo, como uma qualquer, que qualquer eu sou mesmo, vou pianinho, porra, é bom demais, cheira gostoso demais, que é o problema, duas bolinhas e tá fechado, mais uma, firme no peito, foda, é melhor que sexo, podem falar o que quiser, eu sei, vale mais que uma noite, uma mal dada, solta, só mais uma daí, que ninguém é de ferro; guria, o doido é que quando bate eu sinto o sexto dedo, meu pé dá uma coceira, sei lá, olha ele aí, entre cócega e comichão mesmo, tem vez que vem parar no joelho, o dedo volta inteiro, esse a mais que agora é menos e permanece, eu li que quem perde um membro ainda sente, mas nunca acreditei, sente o quê, vai sentir o que já foi, o que nem é? e não é que quase nunca sinto nada, mas ele volta, o sexto, o amputado, o desnecessário, ele volta e se finca no pé, ele renasce no pé, daí, é até bom, sabia, é bom ter e não ter, tirar esse bizarro de mim, mas poder sentir de novo, nem que seja na pira, envolta na brisa, a cabeça até já relaxou um pouco, doer não para, né, que não é mágica essa sativa, o que me anima é a habilidade na lambida, malícia, muita saliva, enquanto eu queimo uma sativa; Conka é foda, disse tudo, que vento gostoso, que sorte de sombra, essa pracinha é foda, esse dedinho me coçando é show, é o salgado da maresia, e um coração sem sal não vale a pena, eu vou ter que voltar, mas dá pra segurar mais um pouquinho, tomar um ar pra tirar a marofa, limpar a ideia, a Joia, coitada, deve tá tomando, o que que ela vai falar depois, hein? na moral, acho que vai sair é rapidinho, eu vou perder até o tempo da conversa, que o turno dela acaba, o tempo dela acaba, o tempo de todo mundo acaba, segura a onda pra não entrar numa bad, volta aqui, volta aqui; bora de volta, apruma, tira o sorrisinho da cara e fica esperta, curte esse dedinho, que ele termina.

XVIII.
A Casa de Deus

E a ira de Deus acendeu-se, porque ele se ia; e o anjo do Senhor pôs-se-lhe no caminho por adversário; e ele ia caminhando, montado na sua jumenta, e dois de seus servos com ele.

Viu, pois, a jumenta o anjo do Senhor, que estava no caminho, com a sua espada desembainhada na mão; pelo que desviou-se a jumenta do caminho, indo pelo campo; então Balaão espancou a jumenta para fazê-la tornar ao caminho.

Mas o anjo do Senhor pôs-se numa vereda entre as vinhas, havendo uma parede de um e de outro lado.

Vendo, pois, a jumenta, o anjo do Senhor, encostou-se contra a parede, e apertou contra a parede o pé de Balaão; por isso tornou a espancá-la.

Então o anjo do Senhor passou mais adiante, e pôs-se num lugar estreito, onde não havia caminho para se desviar nem para a direita nem para a esquerda.

E, vendo a jumenta o anjo do Senhor, deitou-se debaixo de Balaão; e a ira de Balaão acendeu-se, e espancou a jumenta com o bordão.

Então o Senhor abriu a boca da jumenta, a qual disse a Balaão: Que te fiz eu, que me espancaste estas três vezes?

E Balaão disse à jumenta: Porque zombaste de mim; quem dera tivesse eu uma espada na mão, porque agora te mataria.

E a jumenta disse a Balaão: Porventura não sou a tua jumenta, em que cavalgaste desde o tempo em que me tornei tua até hoje? Acaso tem sido o meu costume fazer assim contigo? E ele respondeu: Não.

XVIIII.
O Sol

O sol ali de banda é tão fofucho, tão linducho, amarelinho que só, amarelinho lindo de fogo, papai disse, amarelinho bem lindão, ele bate ni mim bem bom, tá quente bom aqui, papai falou que calor lazarento, mas é calor bem bom, tá apertado, é o solzão amarelinho lindão ali no fim do dia, agora ele tá mergulhando no mar, vai pegar peixe, papai, vai pegar peixe, será que queima peixe lá de perto? sol lindão, agora sumiu no túnel, eu sinto o cheiro de todo mundo, todo mundo cheirando tudo, tem subaqueira, tem perfumagem muita, tem peixe, tem cheiro de roupa suja e roupa lavada, e roupa lavada cheira melhor que roupa suja, papai não me pega mais no colo, porque eu tô grandão demais pra levar no busão, ainda passo por baixo da catraca, papai falou que catraca é diferente, peso é outra coisa, tamanho é outra coisa, papai fala cada coisa maluca, eu trocaria catraca por colo, eu tô bem grandão, tô apertado mesmo, mas tem a mão dele no meu ombro pra segurar no solavanco, teve um dia que eu caí, papai brigou pra caramba, papai fez a cara de cinto, mas não tem cinto no busão, papai olhou pro lado e me juntou na perna dele, papaizão, o sol voltou sem mar, pela metade, atrás de casa e prédio, vai perdendo o calorzão bem bom, mas brilha mais lindo, lilás, laranja, vermelho, brilha lindão, uma bunda entrou na minha frente, entrou na frente da ponta da janela, bunda bundona, raba de morder, rabão de pum, haha, bunda de punzão, chega pra lá buzanfa, bunda de punzão, chega pra lá, eu empurro pra lá a bunda dela, o papai nem repara, a dona da bunda olha pra trás, faz cara feia pro papai, que nem repara, eu empurro mais um pouco, um dois três, pra ver se chega pra lá, bunduda, buzanfão, peido, peido, peidinho, a calça cheira roupa suja, é tanto pum, que só eu sei, cutuco mais um teco, a moça é grandona, preta que nem a dinda, deve ser velha que nem a dinda, deve ter bunda de dinda, a dinda não solta pum, cadê meu sol, cutuco mais um dois três, a moça vira a cara muito feia pro papai e; quer parar?; parar o quê?; com essa mão na bunda, palhaço, é todo dia um cretino diferente; papai não entendeu, a voz é forte dela, é grande mesmo, ela vira mais e olha pra mim, sorrisão de sol, eu acho; ah, molecão, não te vi; eu pouso na perna do papai, que me segura mais firme; o que foi, molecão? tava te apertando?; o solzão já sumiu, eu acho, a bunda saiu da frente, e eu não vejo, vai subindo ao céu, clareia tudinho no mundo, papai falou que o sol encosta em tudo, papai falou que não tem sol na china, que a china é do outro lado do mundo, o sol encosta em tudo mas agora não tem sol na china, nem no japão, papai falou que o solzinho gostoso lá só aparece quando aqui é noite, deve ser legal do outro lado do mundo, a moça virou a buceta dela na minha cara, pra falar com papai, estão falando num-sei-quê de adulto, o papai fala legal, mas me olhou meio bravo, meio cara de cinto, mas hoje não tem cinto não, eu tive escola, lá tem TV, eu tive escola e lá tem amigos, eles são tão maneiros, tem a calcinha das meninas, tem a outra sala, tem a tia Soraia, tem de tudo lá, pena que eu tive apertado, de caganeira, tudo solto, disse a tia, depois tem a casa da vó Luzia, que a dinda me leva, dinda não tem punzão, haha, não tem punzão igual a buzanfa, o meu pau cresce, papai falou pra mim não pôr a mão no pau na rua, papai é engraçado, o que será que tem no pau da buzanfa? o sol não dá pra ver, o bundão foi embora, tá lá no fundo, olha, tá tocando rádio no celular do moço, eu gosto, toca alto, toca foda, toca sonzeira, o papai me pega meio firme, o papai é forte comigo, ele me diz que tá na hora, eu digo tá, eu entro no meio das buzanfas, tem pinto também, haha, igual o pinto do papai, será? tem pinto de tudo, tem pau com sebo, será que tem pau com sebo? será que coça a buzanfa? e o pinto de sebo do papai? papai, cê tem pinto com sebo?; quieto, moleque; tem sim, tem sim; quieto que já chega, para de babaquice; a moça da buzanfa sentou, olha lá, a gente nunca senta, será que ela tem pau com sebo? a dinda tem, tem não, nem bumbum de peidão, tchau sonzeira, o moço nem aí, lá vem o sacolejo, acho que vai escapulir, largo a perna do papai que eu me viro, parou, que apertado, tchau buzanfa, olha o sol virou breu.

XX.
A Roda da Fortuna

Sem chance de passar por ali, a geral já se ajuntou na fuzarca, daqui a pouco para tudo, eu vou pela beira, passo por cima duma calçada e pego à direita, é contramão, mas vai, o fogo esquenta muito, olha o busão parando bem na minha frente, porra dum motorista feladaputa, deixa estar, nem buzinar eu não buzino, que isso só me azucrina mais, e já me dói pra cacete o dente, olha o povaréu descendo, deve ser um ponto antes, a noite caiu com cara de que vem chuvisco, espia lá no canto, pode até ser tempestade, o vermelho de fogo do céu é também a sombra da chuva, eu vou na minha, é só o busão sair, o povaréu rumar pra lá, que eu passo, tá quase, preciso marcar um dentista, mas o preço me mata, tinha uma num preço mais honesto, mas parece que era do outro lado da cidade, lá se vai o dia de trabalho, tá quase, foi o busão, tá quase, minha nossa, quanta gente sai de uma só lata, e ainda continua a ser gente, meu deus, que bom que eu tenho meu carango velho, ô um zunido no ouvido, só mais uns quatro, dá vontade de passar por cima, agora dá, porra, parou, chegam mais uns do outro lado, agora eu buzino, foda-se, buzino mesmo, sai da frente, moleque, mandaram dedo, mando também, será que falaram, não sei se ouvi, no centro do olho do teu cu, num é à toa que pipocaram ontem mais um aviãozinho desse naipe, bora, bora, mais duas pingas e era outra, eu preciso parar de ficar no carro, olha como é que eu fico, olha que merda eu tô fazendo nessa calçada, acelera um pouco, freia, vai na boa, segue pela sombra, rapaz, olha a criançada também, todo mundo saindo da escola, vou pegar agora na contramão, pela direita, segura a peruca e pisa fundo, porra, tá tudo parado, zunindo, na contramão não rola, mifu de verde e amarelo, bau-bau galera, os home tão chegando, vão vir com tudo, eu vou largar no canto, meio por cima da calçada, gente, esse dente, ninguém merece, mais tarde eu volto, depois do furdunço.

XXI.
O Louco

Adentrando a muvuca tudo é muito embaraços de vozes cheiros em flor do cansaço do dia caixas de som assaltam orelhas competem no espaço e dão seu tempo nos outros agora é nossa vez entoado ainda sem amarra ela medra devagar no asfalto nenhum direito a menos tudo segue embaralhado tateando um rumo único que ao fim não se assenta latas de cerveja acenam por tudo quanto é lado enquanto lojas fecham na pressa entre o fim do dia e o início de uma bomba nada explode por enquanto cada um procura os pares os ares podem mudar num átimo o clima quente e úmido promete e cumpre o bafo esperado a brisa se espalha lenta contorna telhados baixos cinza enrola-se nas sendas que atravessam um bosque de povos espreme-se aqui e ali abre um caminho no esquema jeitinho atravancado tudo hesita entre festa e promessa de fúria um palanque insiste em sucessões alvoroçadas de falas brados de convocação a cada instante rumo ao comando e a que se convoca? os motivos mais se multiplicam nos ecos das conversas até que um corte impreciso começa pipocos o cordão se solta no entorno tudo é choque ela cresce e se arvora a fumaça queima forte se aninhando nos pulmões sufoca e chora no embaçamento dos baques alguém já corre outros seguem a massa sonora agora é maciça em seu enguiço indistinta rude e disforme nas linhas de força pou cada um corre prum lado emaranham-se braços e pés pou trombados uns tantos tombam por chão enquanto pou tentam não virar calçada pra manada em fuga a dispersão pou procura vielas gado perdido estouro de pou búfalos entre pequenos prédios pou casas puxadas pregadas umas nas pou outras como que amarradas pou numa trama de fios elétricos que pairam sobre tudo pretos pou mistos pou entrecruzados tudo mistura e decai como a geração das folhas ela desponta pou algumas pétalas tímidas talvez as únicas pou em rama torta e já tomada de orelhas-de-pau seu laranja vivo pou escalando o tronco correrias cada pou qual com seu cada um tropeçam-se até que tudo pou anuncia cessar evolações de gás lacrimogêneo céu acima os celulares se acendem entre mensagens na loucura de seu uso como walkie-talkies em guerrilha e câmeras de cinema-verdade na trincheira da cidade pou o embate segue certo num retorno de moles pou bando retrátil mola pou compressa ao limite pra cima é que se parte pou sobre fardas gris seus gritos roucos refazem pou uma tática pou ela cora meu deus a estação dos ipês é no verão? a flor estala em uma parte plena em flor inversa encontrada na praça ao lado acima da fumaça rebenta sobre o tronco tudo coere e tudo coage flor avessa neste alojamento a força alijando lentamente das pontas pouco a pouco a marca crescente do aleijão impregna tronco que tomba em meio a tantos prenuncia gotas numa poça escura num ramalho novo procura fundir-se no asfalto tocar a terra soterrada arcaica e firme alguém pergunta o que foi blackblocs desviaram a manifestação provocaram a polícia a tropa iniciou o conflito por meio de infiltrados ela se aloja no tronco alguém digita e marca de gordura a lente do telefone microfones se aprumam mãos e lapelas onde o coronel? ainda não se sabe desmedida violência sim a força teve de ser usada não seriam de borracha? caso alguém pergunte há filmagens embora muito se perca entre um dia e outro e tudo repete e tudo é renúncia imagens repassam alenta-se tudo no entorno refilmado refotografado recomentado em tempo físico e real enquanto pela praça a força se disfarça em carros rastros de ambulâncias vendedores de cachorro-quente camelôs cerveja choca churrascos de gato perante o sol poente na dispersão um centro estanca hesita por tocar na carne em gestos lentos como que achando o ponto sacro no que não se pode mais usar estático desvia o olhar alheio trava na busca sob a roupa empapada e no calor úmido no início da noite acena para o mundo em seu instante ainda estanque estranho fruto temporão torna-se um centro avista as cenas de jornal da manhã seguinte para a passagem desinteressada de Joia que agora atravessa a céu aberto aponta seu nariz morro acima sem piscar pro firmamento faz-se rasura entre as constelações seminubladas e o morno da brisa pelas costas está na sua aldeia.

Nota do autor e agradecimentos

"O Julgamento" é feito com colagens de uma reportagem do jornal *O Globo*, escrita por Clarissa Pains, de 21 jun. 2017. Disponível em: <oglobo.globo.com/sociedade/ong-faz-radiografia-da-violencia-no-estado-lider-em-feminicidio-no-brasil-21500807>.

"A Estrela" reúne colagens de um post de Facebook de 2017, atribuído a Fernanda Teixeira (professora, 27 anos), a partir de conversas no Tinder com alguns homens entre 26 e 34 anos, depois de se apresentar no perfil do aplicativo como mãe, militante e feminista.

"A Casa de Deus" é citação da Bíblia, Números 22,22-30, na tradução de João Ferreira de Almeida.

Vai aqui meu mais sincero agradecimento a Alexandre Nodari, André Capilé, André Conti, Caetano Galindo, Cezar Tridapalli, Fernanda Baptista, Flávia Cêra, Marilene Weinhardt, Nina Rizzi, Pedro Dolabela Chagas, Rafael Zacca, Ricardo Domeneck, Rodrigo Tadeu Gonçalves, Roberto Pitella e Sergio Maciel, pelo diálogo atento e intenso em torno desta história.

Carta

A Força 7
I. O Imperador 9
II. A Carruagem 13
III. O Diabo 15
IIII. O Eremita 21
V. O Enforcado 23
VI. 27
VII. O Namorado 29
VIII. A Lua 33
VIIII. A Imperatriz 37
X. A Papisa 39
XI. A Justiça 43
XII. A Estrela 49
XIII. Temperança 53
XIIII. O Mago 57
XV. O Julgamento 59
XVI. O Papa 65
XVII. O Mundo 67
XVIII. A Casa de Deus 71
XVIIII. O Sol 73
XX. A Roda da Fortuna 77
XXI. O Louco 79

© Guilherme Gontijo Flores, 2019

Todos os direitos desta edição reservados à Todavia.

Grafia atualizada segundo o Acordo Ortográfico da Língua Portuguesa de 1990, que entrou em vigor em 2009.

ilustração de capa
Rafael Sica
revisão
Jane Pessoa
Ana Alvares

Dados Internacionais de Catalogação na Publicação (CIP)
— —
Flores, Guilherme Gontijo (1984-)
História de Joia: Guilherme Gontijo Flores
São Paulo: Todavia, 1ª ed., 2019
88 páginas

ISBN 978-85-88808-80-5

1. Literatura brasileira 2. Romance I. Título
CDD B869.93
— —
Índice para catálogo sistemático:
1. Literatura brasileira: Romance B869.93

todavia
Rua Luís Anhaia, 44
05433.020 São Paulo SP
T. 55 11. 3094 0500
www.todavialivros.com.br

fonte
Register*
papel
Munken print cream
80 g/m²
impressão
Geográfica